AF302566

Mohamed BACHKAT

Mo II : l'héritier d'eau

Introduction

L'océan connaît des secrets qu'il murmure aux hommes dans son éternel ressac. Ce jour-là, ses vagues portaient l'histoire d'un enfant né sous le signe d'un mystère, confié au vent et à l'écume avant même que son regard n'effleure le visage de ses véritables parents.

Cet enfant se nommait Mo II. Fils caché de Mo le Gourou aux yeux jaunes et de la douce Naima, il fut remis à Gavio, pêcheur bahianais à l'âme de poète, et à Sylviane, guérisseuse guyanaise aux mains d'argile et de plantes sauvages. Ils l'accueillirent à Salvador de Bahia, là où les tambours parlent aux ancêtres, où le soleil caresse la peau en chantant, et où la mer, mère généreuse et éternelle, lui offrit son premier souffle. Mo II, l'héritier d'eau, allait grandir entre les barques colorées des pêcheurs, les pas dansés des capoeiristes et le rythme lancinant des marées, loin des secrets brûlants de ses origines.

Mais l'océan est patient. Et tôt ou tard, il ramène toujours à la surface ce que l'on croyait perdu à jamais…

Chapitre I : Les Rêves d'Ibn Battûta

Le soir tombait doucement sur Salvador de Bahia. Le ciel s'était paré de pourpre et d'or, et la voix chaude de Sylviane s'éleva, se mêlant au doux murmure des vagues.

Mo II, encore enfant, assis à ses pieds, regardait l'océan, les yeux pleins d'impatience :

— Sylviane, raconte-moi encore Ibn Battûta !

Sylviane sourit tendrement, passa une main rassurante dans ses cheveux, et commença d'une voix douce :

— Ibn Battûta était un homme extraordinaire, Mo. Il est né il y a bien longtemps à Tanger, au Maroc, face à la mer. Comme toi, il entendait chaque nuit les vagues murmurer son destin.

— Et puis un jour, continua-t-elle, il décida que le monde l'appelait. Alors, il se mit en route, à peine plus vieux que toi, avec presque rien, sinon sa foi, son courage et un cœur assoiffé d'aventures.

Mo II écarquilla les yeux.

— Il voyagea pendant près de trente ans ! Il traversa les sables brûlants du Sahara, les oasis d'Égypte, les déserts rouges d'Arabie, les montagnes glacées du Caucase, et les jungles parfumées de l'Inde. Il vit les éléphants, les tigres et les palais d'or, et partout où il allait, les gens le recevaient avec honneur, car il portait en lui l'esprit libre des explorateurs.

— Et comment traversait-il les mers, Sylviane ? demanda Mo, fasciné.

— Ibn Battûta était un enfant de l'eau, comme toi, dit-elle avec un sourire mystérieux. Il navigua sur de petites embarcations, parfois pris dans des tempêtes terribles où il crut mourir mille fois. Il navigua dans l'océan Indien, croisant des bateaux gigantesques de Chine chargés de soie, d'épices et de pierres précieuses. Il affronta des pirates, survécut aux naufrages, visita des îles perdues aux habitants merveilleux, et toujours, il trouva la route, car la mer elle-même semblait lui parler.

Sylviane posa une main douce sur l'épaule du garçon :

— Ibn Battûta disait toujours : « Je voyage pour connaître ce que Dieu a créé. Je voyage pour découvrir ce que je suis. » Et toi aussi, Mo, un jour, l'océan t'appellera. Écoute-le toujours, car il ne se trompe jamais.

Mo II contempla longuement la mer devant lui, les yeux brillants de rêves. Cette nuit-là, il s'endormit bercé par la voix de Sylviane, rêvant déjà des aventures qui l'attendaient, sur les traces de l'immense Ibn Battûta.

Chapitre II : L'enfant des rues de Bahia

Le soleil brillait déjà fort sur Salvador lorsque Mo II, cartable sur le dos, courait rejoindre ses camarades à l'école primaire Jorge Amado. Il y était connu pour son sourire chaleureux, son regard vif, et cette curiosité intarissable qui ravissait ses professeurs.

Mo II adorait l'école. Il dévorait

les livres, apprenait vite, et semblait comprendre instinctivement tout ce que ses enseignants lui expliquaient. Sa maîtresse, Dona Lucia, ne cessait de répéter à Sylviane :
— Ce garçon ira loin, Sylviane. Son esprit voyage déjà plus vite que son corps.
Après les cours, Mo II retrouvait ses amis sur le terrain poussiéreux près de la plage. Là, sous le soleil brûlant, pieds nus, ils jouaient au football jusqu'à épuisement. Agile, rapide, le jeune Mo était redouté pour ses dribbles et sa capacité à surprendre. Ses camarades l'appelaient en riant « Mo dribleador ».
Mais son cœur battait plus fort encore à la tombée du jour,

lorsqu'il retrouvait Mestre Sumbra et El Professor Beija Flor, dans le vieux gymnase près du Pelourinho, pour pratiquer la Capoeira.
— La Capoeira n'est pas seulement un jeu, répétait Mestre Sumbra en balançant doucement son berimbau. C'est la danse de la liberté. Apprends-la bien, Mo, elle t'accompagnera toute ta vie.
El Professor Beija Flor lui enseignait les mouvements aériens, les « au », les esquives fluides, tandis que Mestre Sumbra lui apprenait l'art subtil du jeu au sol, la ruse, la patience, l'intuition du combat sans violence. Mo absorbait chaque leçon avec passion.
Un soir, après un entraînement

intense, Mestre Sumbra posa une main sur l'épaule du garçon, le regardant droit dans les yeux :

— Mo, tu danses la Capoeira comme si tu étais né avec. Tu bouges comme l'eau, insaisissable. Mais rappelle-toi : ce n'est pas seulement le corps qui bouge. C'est ton âme qui danse.

Mo sourit simplement, le souffle court, heureux et fier. Ce soir-là, en rentrant auprès de Gavio et Sylviane, le corps fatigué mais le cœur rempli de joie, il comprit qu'à Salvador, sous le ciel immense de Bahia, il avait déjà trouvé le premier sens profond de son existence : apprendre, jouer, et grandir libre.

Chapitre III : La Ronde Sauvage

Mo II avait grandi. L'enfance insouciante s'était peu à peu effacée devant la fougue d'une adolescence brûlante, animée par une soif de défi. Il connaissait désormais les recoins sombres de Bahia autant que ses ruelles lumineuses, les secrets des quartiers pauvres autant que ceux du Pelourinho historique. Un soir, attiré par le rythme sauvage d'un atabaque résonnant dans la pénombre d'une ruelle, Mo suivit un groupe d'adolescents qui convergeaient en silence vers une vieille place abandonnée, loin des regards indiscrets. On appelait ces rencontres nocturnes la « Roda

Selvagem », la ronde sauvage, où la Capoeira perdait ses limites, où tous les coups étaient permis, où seuls les plus habiles sortaient sans blessures. Au centre de la ronde, un garçon agile au visage marqué défiait quiconque osait croiser son regard. Autour, les visages tendus s'éclairaient sous les flammes des torches improvisées. Mo sentit son cœur battre à tout rompre. Il avança d'un pas sûr, regard fixé sur le champion.

— Qui es-tu ? lança le garçon d'un ton provocateur.

— Je suis Mo. Et toi ?

— Peu importe, répondit l'autre en lançant une lame courte sur le sol. Ici, ce ne sont pas les noms qui comptent, mais ce que tu fais avec ça. Mo ramassa calmement la lame et la glissa à sa ceinture, sans la dégainer. La ronde commença. Les premiers échanges furent rapides, violents. Mo esquivait avec souplesse les coups les plus brutaux, ses mouvements fluides rappelant les conseils précieux de Mestre Sumbra : « Sois comme l'eau, insaisissable ». Son adversaire, agacé, sortit une seconde lame et attaqua frontalement.

La foule retint son souffle, mais Mo anticipa : il bondit en arrière en une vrille spectaculaire, le fameux « parafuso », échappant à la lame qui ne trancha que l'air. Puis, enchaînant sans hésitation, il se jeta en avant dans un mouvement inattendu, une vrille basse qui déséquilibra son adversaire, le laissant désorienté.

La foule hurla d'enthousiasme. Mo s'arrêta, regard fixé dans celui de l'autre garçon. Il jeta lentement la lame au sol, sans violence, avec respect :

— Je suis venu danser, pas blesser. Tu as perdu, frère. Mais on peut recommencer sans haine.

Le silence s'abattit sur la ronde. L'adversaire, d'abord surpris, finit par sourire, rangeant sa lame à son tour :

— Mo… J'espère te revoir ici.

Cette nuit-là, Mo II retourna chez lui, le corps intact, mais l'âme grandie par une victoire plus belle que celle des poings :

le respect acquis par son courage et la maîtrise absolue du jeu de la vie.

Chapitre IV : La Mer ne pardonne pas

Le matin était encore timide quand Mo II posa enfin les pieds sur le pont du bateau de pêche de son oncle Marco, le Mar de Luz. Marco, habitué aux humeurs changeantes de l'océan, scrutait l'horizon avec une attention silencieuse.

— Aujourd'hui, Mo, tu deviens marin, dit-il en lui lançant une veste imperméable. La mer va te montrer son vrai visage. Sois attentif, elle ne parle jamais deux fois.

Mo acquiesça avec détermination, sentant monter

en lui une excitation mêlée d'appréhension. Il connaissait bien la mer vue de la côte, mais jamais encore il ne l'avait affrontée au large, là où elle révélait ses secrets les plus redoutés.

Le Mar de Luz glissa doucement hors du port de Bahia, bercé par une brise légère. Les premières heures furent tranquilles. Mo apprit à hisser les voiles, à réparer les filets, à reconnaître les vents. Marco lui enseignait chaque geste, chaque nœud avec patience. Mais, au large, l'horizon s'assombrit soudain. Le vent se leva brusquement, puissant, violent, chargé de menace. En quelques instants, l'océan changea de visage, montrant sa véritable nature sauvage.

—Accroche-toi, Mo ! cria Marco. Le temps des leçons est fini, maintenant, tu vis ! La tempéramentale Atlantique se réveilla furieusement. Les vagues, hautes comme des montagnes d'eau noire, venaient frapper le bateau avec force, le secouant violemment. Mo sentit pour la première fois une peur viscérale saisir son ventre.

Une vague gigantesque déferla sur eux. Le jeune homme fut projeté violemment au sol, avalant de l'eau salée, étouffé par la puissance brutale de l'océan.

— Debout, Mo ! cria encore Marco en luttant contre la barre devenue folle. Tu dois devenir plus fort que ta peur ! Le cœur battant à tout rompre, Mo II se releva avec peine, serrant les dents, et saisit fermement une corde pour équilibrer les voiles battantes dans la tempête. Les bras brûlants, le visage fouetté par le vent glacé, il sentit peu à peu quelque chose changer en lui : sa peur se muait en une détermination farouche, une communion avec l'élément qu'il combattait.

Après des heures de lutte acharnée, la tempête s'apaisa enfin. Le ciel se dégagea lentement, révélant un horizon paisible sous un soleil nouveau. Épuisé mais vivant, Mo se tourna vers son oncle, qui sourit faiblement   :

— La mer t'a accepté aujourd'hui. Elle t'a montré sa colère, et tu ne l'as pas fui. Maintenant, tu comprends vraiment ce qu'elle est : ta plus grande ennemie et ta meilleure amie. Souviens-toi toujours de ce jour.

Mo Il hocha la tête en silence. Face au soleil couchant, dans le murmure apaisé de l'océan redevenu calme, il sut qu'il venait de franchir le seuil d'un nouveau destin. Celui d'un marin, héritier véritable de l'eau.

Chapitre V : Juanita

Juanita était belle comme ces jours d'été que Salvador semble garder secrets, avec une peau blanche que le soleil caressait sans jamais brûler, des yeux clairs comme le ciel après la pluie, et une chevelure dorée qui dansait doucement à chaque pas.

Mo II l'avait rencontrée au détour d'une fête traditionnelle, sur une petite place bordée de manguiers centenaires. Elle portait une robe légère, bleue comme l'océan qu'il aimait tant. Quand leurs regards s'étaient croisés, l'univers avait semblé retenir son souffle.

Juanita appartenait à une famille riche, descendante directe de colons portugais,

possédant une grande demeure coloniale, imposante et élégante, blanche aux volets bleu ciel. Mais elle avait choisi Mo, fils adoptif de pêcheur, enfant du peuple et de l'océan. Un après-midi paisible, Juanita l'invita chez elle. Mo monta lentement les marches de pierre blanche, impressionné par la majesté de la demeure familiale. Juanita l'accueillit chaleureusement, rayonnante dans sa simplicité naturelle.
— Ne t'inquiète pas, murmura-t-elle en prenant sa main. Mes parents vont t'aimer. Pas autant que moi, mais presque.
Mo sourit, hésitant, cherchant le courage nécessaire pour franchir le seuil du salon spacieux. Il sentit

immédiatement le poids des regards, curieux, polis mais méfiants.

Le père de Juanita, un homme au regard perçant mais honnête, demanda avec une voix grave :

— Alors, jeune homme, d'où venez-vous exactement ?

— Je suis fils de la mer, monsieur, répondit Mo simplement. Mon père adoptif est pêcheur, ma mère adoptive soigne avec les plantes. Je ne possède rien d'autre que le vent, les vagues, et votre fille dans mon cœur.

Un silence gênant s'installa, rompu finalement par la voix douce mais ferme de Juanita :

— Mo n'a peut-être pas d'argent, papa, mais il a une

chose que nul ne peut acheter :
une âme pure, qui voyage plus
loin que nos bateaux n'iront
jamais.

La mère de Juanita, attendrie
par les mots sincères du garçon,
intervint alors avec un sourire
maternel   :

— Un cœur honnête est une
richesse rare. Sois le bienvenu,
Mo.

Ce jour-là, Mo comprit que son
amour pour Juanita était plus
fort que les différences sociales
ou historiques. Main dans la
main sur la terrasse blanche et
bleue ciel, face au soleil
couchant, ils se firent une
promesse silencieuse   :
Aucun héritage, aucune
richesse ne pourrait jamais les
séparer. Car l'océan, dans sa

sagesse éternelle, avait déjà lié leurs destinées.

Chapitre VI : Ensemble sous le soleil de Bahia

Juanita avait fait une entrée douce et solaire dans la vie de Mo II. Désormais, les journées semblaient trop courtes pour contenir leur bonheur. Chaque matin, Juanita attendait Mo devant l'école, souriante, son regard clair illuminant instantanément la journée du garçon. À l'école, ils partageaient leurs cahiers, leurs éclats de rire et parfois des regards complices sous les reproches amusés de Dona Lucia.

L'après-midi, Juanita suivait Mo

au terrain poussiéreux, admirant son aisance et son agilité ballon au pied. Assise à l'ombre d'un vieux flamboyant, elle applaudissait joyeusement ses buts, ses dribbles incroyables, sans jamais se lasser.

— Tu joues comme tu danses, Mo ! lançait-elle avec enthousiasme. Personne ne peut te suivre.

Mais ce qu'elle aimait le plus, c'était la Capoeira. À la fin de la journée, sur la place du Pelourinho, Juanita entrait timidement dans la ronde aux côtés de Mo, sous le regard protecteur de Mestre Sumbra et d'El Professor Beija Flor. Elle apprit vite, avec grâce, d'abord hésitante puis audacieuse. Ses mouvements s'harmonisaient naturellement avec ceux de Mo, comme s'ils avaient toujours dansé ensemble. Lui souriait avec fierté, émerveillé par la fluidité et la détermination de celle qu'il aimait tant.

Puis venaient les soirées au club de samba, dans une vieille maison colorée de Bahia. Là, Juanita révélait toute sa beauté sauvage. Sur la piste, vêtue de robes légères, les cheveux lâchés, elle dansait avec une énergie magnétique, une liberté étourdissante.

Assis près de la scène, Mo II l'observait, fasciné. Chaque mouvement de Juanita, chaque sourire, chaque pas semblait une célébration de la vie elle-même.

Une nuit, alors qu'elle revenait vers lui après avoir enflammé la piste, Mo lui murmura tendrement :

— Tu danses comme une reine sauvage, Juanita. Tu es belle comme la mer sous la pleine lune.

Juanita sourit, essoufflée, heureuse, et répondit simplement :

— Je ne danse que pour toi, Mo. Avec toi, chaque jour est une danse qui ne finit jamais. Et sous les étoiles lumineuses de Bahia, bercés par la musique chaude et les applaudissements rythmés, ils comprirent une fois de plus que leur amour était fait de danse, de jeux, et de liberté.

Chapitre VII : Le Navigateur des arbres magiques

Mo II avait grandi, nourri par l'océan, façonné par la Capoeira, élevé par l'amour de Juanita et l'enseignement sage de Sylviane et Gavio. Mais désormais, un autre rêve l'appelait : celui des arbres médicinaux, ces arbres mystérieux, guérisseurs, sacrés, qui poussaient entre terre et eau.

À l'université de Salvador, il choisit la botanique, se plongeant avec passion dans l'étude des plantes et des arbres médicinaux. Rapidement, ses professeurs furent impressionnés par sa détermination, ses intuitions fines, son approche respectueuse des savoirs anciens autant que des sciences modernes.

— Quelle est donc ta quête, Mo ? lui demanda son directeur de thèse avec curiosité.

— Je veux chercher ces arbres que l'on appelle magiques, répondit-il avec conviction. Ceux qui guérissent les corps et les âmes, ces arbres sacrés que les peuples côtiers protègent depuis toujours. Je les trouverai au bord des océans, au long des fleuves, là où l'eau parle à la terre.

— Et comment comptes-tu t'y prendre ?

Mo sourit doucement :

— Je naviguerai comme un requin-bouledogue, capable

d'aller du large vers les fleuves profonds. Je remonterai les rivières, traverserai les deltas et longerai les côtes de tous les continents, jusqu'à trouver les arbres que je cherche. Ainsi commença son voyage. À bord d'un petit voilier robuste nommé Água Viva, Mo quitta le port de Bahia sous les regards humides et fiers de Sylviane, Gavio et Juanita. D'abord, il navigua vers le nord, remontant les grands fleuves amazoniens, explorant la jungle humide et dense à la recherche du légendaire Pau d'arco, l'arbre guérisseur des peuples indigènes, réputé guérir les fièvres les plus tenaces. Puis il descendit vers l'Argentine, traversa le détroit de

Magellan, et longea les côtes chiliennes, à la recherche du mythique boldo, arbre aux feuilles sacrées qui purifient le sang et calment les douleurs du cœur.

Bientôt, il franchit les océans, traversa le Pacifique, accosta sur les rivages sauvages de Nouvelle-Zélande, là où pousse le puissant Manuka, l'arbre dont le miel soigne les blessures réputées incurables.

Partout, Mo II recueillait patiemment des échantillons, notait des récits anciens des peuples autochtones, apprenait les secrets des guérisseurs locaux. Et partout où il passait, il devenait plus riche de savoirs, plus humble face aux mystères de la nature.

À mesure que les mois passaient, Mo réalisait qu'il devenait peu à peu ce qu'il avait toujours cherché : un homme des eaux, reliant les mers aux rivières, les rivières aux arbres, et les arbres aux hommes. Sur les eaux calmes d'un fleuve immense ou dans les vagues rugueuses d'un océan déchaîné, Mo II naviguait sans jamais perdre de vue son rêve : Découvrir, comprendre, et transmettre au monde la sagesse de ces arbres magiques que la terre avait cachés, pour guérir l'humanité.

Chapitre VIII : Juanita, héritière du vent

Pendant que Mo II parcourait les océans et remontait les fleuves à la recherche d'arbres magiques, Juanita, elle, choisit une voie différente, mais tout aussi intense.

Après avoir brillamment réussi son Master 2 en Marketing à Salvador, elle comprit vite que ses rêves ne s'arrêtaient pas aux portes de l'université. Ambitieuse et indépendante, elle s'inscrivit dans une prestigieuse école de commerce de São Paulo, afin de maîtriser les subtilités du commerce international. Elle avait toujours admiré son père, ce descendant fier d'une lignée de colons portugais, qui avait bâti une fortune solide dans l'import-export. Mais désormais, le vieux patriarche aspirait à passer le flambeau. Et c'était elle, Juanita, qui allait relever ce défi.

Son père la regarda un soir, devant la grande demeure blanche et bleue ciel :

— Es-tu certaine de ce que tu veux, Juanita ? Le commerce est un océan agité, sans répit.

Elle répondit calmement :

— Je suis fille de Bahia, Papa. Les océans agités, ça ne m'effraie pas. J'ai appris à naviguer.

Et en effet, elle prit vite les commandes. Sous sa direction audacieuse, les affaires familiales prospérèrent comme jamais auparavant. Juanita

signa des contrats ambitieux avec l'Europe, l'Afrique, l'Asie, se révélant habile négociatrice, rusée mais toujours droite, à l'image des marchands anciens. Mais souvent, tard dans la nuit, depuis son bureau éclairé dominant le port, elle fixait l'horizon noir, pensant à Mo II quelque part sur les eaux lointaines. Alors elle lui écrivait : « *Je construis un empire ici, Mo, mais mon véritable royaume reste ton cœur. Reviens vite, marin. Je t'attends toujours à Bahia.* »
Et parfois, entre deux mers lointaines, Mo lui répondait : « *Je navigue sur les eaux du monde, Juanita, mais ton sourire reste mon étoile du nord. Bientôt, je reviendrai vers toi.* »

Malgré la distance, leur amour ne faiblissait jamais. Comme deux océans reliés par des courants invisibles, Juanita et Mo continuaient d'avancer ensemble, chacun suivant son rêve, attendant patiemment le jour où leurs chemins se retrouveraient à nouveau sur les rivages lumineux de Bahia.

Chapitre IX : La Cheffe des Eaux Vertes

La proue de l'Água Viva fendait doucement l'eau sombre du fleuve Amazone, remontant lentement vers les profondeurs inexplorées de la jungle brésilienne. Mo II, concentré, tenait fermement la barre, le regard fixé sur l'horizon brumeux. Depuis des semaines, il naviguait au rythme des chants des oiseaux inconnus, à la recherche du légendaire Pau d'arco, l'arbre sacré réputé guérir toutes les fièvres. Une nuit, alors qu'il dormait d'un sommeil léger dans sa petite cabine, un murmure étrange venu de la forêt le réveilla. Il se leva, tendit l'oreille. Le silence était pesant, presque menaçant. Il n'eut pas le temps de réagir : des silhouettes rapides surgirent du rivage, envahirent le bateau avec la discrétion des ombres. En quelques secondes, Mo fut maîtrisé sans violence, ligoté doucement mais fermement, et transporté en silence à travers la jungle épaisse.

Ils marchèrent longtemps, dans une obscurité traversée par les sons énigmatiques de la forêt. Enfin, ils arrivèrent à un village secret au bord d'un bras oublié de l'Amazone, illuminé par quelques feux paisibles. On le mena devant une grande hutte, décorée d'amulettes, de plumes colorées, et de symboles anciens.

Assise près d'un feu central, une femme au regard pénétrant, aux longs cheveux noirs et aux peintures cérémonielles sur le visage, l'observait attentivement. C'était Sabrina, la cheffe du peuple des Eaux Vertes.

— Pourquoi es-tu ici ? demanda-t-elle d'une voix calme et profonde, en portugais teinté d'accent indigène.

— Je m'appelle Mo. Je suis venu chercher l'arbre sacré, le Pau d'arco. Je ne veux rien d'autre que comprendre sa médecine, répondit-il sincèrement.

Sabrina observa longuement Mo, comme pour lire au fond de son âme. Puis, d'un geste délicat, elle fit signe aux guerriers de le libérer.

— Suis-moi, dit-elle simplement.

Elle le mena vers un sentier étroit, longeant une rivière invisible aux yeux des étrangers. En chemin, elle expliqua :

— Le Pau d'arco ne se laisse pas trouver. Il choisit ceux qui peuvent le comprendre. Ici, il est notre plus grand secret. Il guérit nos enfants, nos anciens. Nous le protégeons depuis toujours. Après plusieurs heures, elle s'arrêta devant un arbre immense, majestueux, recouvert de fleurs roses éclatantes. Mo sentit immédiatement l'énergie puissante émanant de son tronc robuste.

— Voici ton arbre, Mo, dit Sabrina avec douceur. Mais pour l'approcher, il faut d'abord qu'il t'accepte. Elle lui fit signe d'avancer seul. Mo s'approcha lentement, posant sa main contre l'écorce. Une chaleur étrange envahit son corps, un bien-être profond, une paix intérieure inexplicable. Sabrina sourit.

— Il t'a reconnu, dit-elle en

posant une main sur son épaule. Ton cœur est pur, c'est pour cela qu'il t'a permis de le toucher. Maintenant, emporte avec toi ses fleurs et ses feuilles, mais souviens-toi : le Pau d'arco guérit seulement ceux qui croient en lui. Mo la remercia profondément, conscient d'avoir reçu plus qu'une plante : il venait d'obtenir une alliance sacrée avec la forêt elle-même.

Lorsqu'il regagna son bateau, raccompagné par les guerriers silencieux de Sabrina, il comprit qu'il avait vécu une expérience unique. Désormais, il portait avec lui non seulement la médecine de l'arbre sacré, mais aussi le respect éternel d'un peuple protecteur du plus précieux trésor de la forêt amazonienne.

Chapitre X : Du Vent des Pampas à l'Arbre du Cœur

Mo II avait quitté les eaux mystérieuses de l'Amazone pour mettre cap au sud, où l'océan devenait de plus en plus rude et sauvage. Son bateau, Água Viva, semblait parfois minuscule face aux vagues rugueuses, mais Mo tenait bon, guidé par son intuition et par l'espoir de trouver le mythique arbre du cœur : le boldo. Après plusieurs jours en mer, il fit escale dans les grandes plaines argentines, la célèbre Pampa, infinie et balayée par un vent puissant et frais. Là, Mo fit une rencontre qui marqua profondément son voyage. Un groupe de gauchos argentins, ces cowboys au visage buriné par le soleil, l'accueillit avec chaleur autour d'un feu crépitant.

Il observa fasciné ces hommes robustes ramenant avec habileté les immenses troupeaux de bœufs vers l'enclos pour la nuit. Leur chant nostalgique, profond, semblait faire vibrer la terre elle-même.

— Viens manger avec nous, amigo ! lança le chef des gauchos avec un large sourire. Rien de tel que l'odeur d'une bonne viande grillée après une dure journée de travail ! Autour d'un barbecue improvisé, l'asado traditionnel fumait doucement. La viande crépitait lentement sous le regard attentif des cowboys. Mo dégusta ce repas simple et généreux avec reconnaissance, échangeant des récits, racontant son voyage, ses recherches, et écoutant les histoires de ces hommes qui vivaient en harmonie parfaite avec la terre sauvage.

Quelques jours plus tard, Mo repartit, revigoré par cette pause fraternelle, reprenant sa route vers l'extrême sud. Le détroit de Magellan l'accueillit sous un ciel lourd et menaçant. La navigation fut éprouvante, entre falaises abruptes, courants violents et vent glacial. Mais Mo avait l'âme d'un marin, il connaissait le

langage des eaux, et après une lutte acharnée avec les éléments, il franchit le passage mythique qui séparait l'Atlantique du Pacifique. Puis, longeant lentement les côtes chiliennes, il finit par atteindre une crique protégée, où des forêts denses descendaient jusqu'au bord de l'océan. Il avait entendu dire que le boldo poussait là, caché dans la végétation luxuriante de ces rivages escarpés.
Il s'enfonça dans la forêt avec prudence, attentif à chaque signe. Finalement, il découvrit un arbre aux feuilles épaisses, vert intense, parfumées d'un arôme mentholé unique. Mo sut immédiatement qu'il avait trouvé l'arbre tant recherché.

Il récolta soigneusement quelques feuilles, ressentant aussitôt leur pouvoir calmant et purificateur. Les autochtones lui avaient enseigné que ces feuilles guérissaient les douleurs du cœur, les souffrances cachées, qu'elles nettoyaient le sang et rétablissaient l'harmonie intérieure.

Mo quitta le Chili avec le sentiment profond d'avoir accompli une autre étape importante de sa quête. Il emportait désormais avec lui non seulement les feuilles du boldo, mais aussi le souvenir impérissable du vent des pampas, des gauchos généreux et du murmure puissant des océans du bout du monde.

Chapitre XI : Là où les Esprits veillent

La traversée du Pacifique fut longue, presque hypnotique. L'eau devenait plus profonde, plus mystérieuse. Le vent soufflait des chansons d'îles perdues, et les étoiles semblaient plus proches que jamais. Mo II, seul sur son voilier, savait qu'il approchait d'un territoire sacré. Enfin, après des semaines de navigation, il vit poindre les rivages majestueux de Nouvelle-Zélande, Aotearoa, « la terre du long nuage blanc ». À peine débarqué dans une baie verdoyante, il entendit des cris puissants, rythmés, comme des battements de cœur. En s'approchant d'un terrain de sport voisin, il vit une scène qui le marqua profondément : des enfants, Maori et métis, s'entraînaient avec une intensité saisissante.

Ils couraient comme des félins, frappaient le ballon avec précision, esquivaient avec une grâce féroce. Il devina immédiatement : *ces enfants allaient devenir des géants*, des All Blacks, des footballeurs d'élite, des champions. Leur discipline, leur esprit d'équipe, leur puissance... c'était bien plus que du sport. C'était un rite. Un vieux coach le remarqua et s'approcha. Il avait le visage tatoué selon la tradition Ta moko, les yeux profonds comme des lacs anciens.

— Tu es étranger, mais ton

regard est celui de quelqu'un qui écoute. Tu cherches quelque chose   ?

— Je cherche le Manuka, répondit Mo. L'arbre au miel guérisseur. Mais je cherche plus que ses feuilles. Je veux comprendre ce qu'il est. Ce qu'il contient.

Le vieux Maori sourit.

— Alors ce n'est pas un arbre que tu cherches, c'est une présence.

Il se présenta sous le nom de Tama Te Ra, fils du Soleil. Un ancien guerrier, devenu protecteur des esprits de la forêt. Il invita Mo à le suivre à travers les collines, au cœur de la bush néo-zélandaise, là où les arbres ne poussent pas seulement — ils veillent.

Ils marchèrent longtemps, en silence, jusqu'à ce qu'ils atteignent une clairière. Là, des centaines de petits arbres fleuris illuminaient le sous-bois d'un éclat blanc et doux : le Manuka.
— C'est ici que les abeilles se nourrissent pour créer le miel qui guérit les blessures que la médecine oublie, murmura Tama. Mais l'arbre ne t'ouvrira rien si tu n'es pas prêt à le ressentir.
Le vieux sage demanda à Mo de s'asseoir, de fermer les yeux, et de respirer lentement. Il commença à chanter en te reo Māori, une ancienne mélodie faite de voyelles vibrantes et de silences pleins.
Et alors… Mo sentit quelque chose.

Le vent s'était tu. Les arbres semblaient se pencher vers lui. Un frisson parcourut son corps. Il sentit une chaleur douce s'installer dans sa poitrine, une paix profonde, une compassion invisible. Il vit, en esprit, les blessures de tant de gens autour du monde… et comprit que le Manuka n'était pas un médicament.

C'était une réponse.

— Maintenant tu peux cueillir, dit Tama.

Mo prit quelques fleurs avec un profond respect. Puis il se releva, les mains pleines, le cœur en paix.

Avant de repartir, Tama Te Ra lui posa une dernière main sur l'épaule :

— Tu es comme nos enfants,

ceux du terrain. Tu as une force en toi. Tu peux devenir ce que tu veux : guérisseur, guerrier, veilleur. Le monde choisira pour toi… mais l'esprit, lui, t'a déjà reconnu.

Mo remercia d'un geste lent, les yeux brillants. Il savait qu'il n'était pas seulement reparti avec une plante. Il repartait avec une mission sacrée. Et au loin, dans le vent doux du Pacifique, il entendit encore les rires des enfants courir dans l'air comme des prophéties.

Chapitre XII : Le Sel sur la Peau

Après des mois de traversées, de forêts oubliées et de langues anciennes murmurées par les arbres, Mo II revint à Bahia, chargé de savoir, de plantes précieuses... et d'un besoin plus fort que tout : retrouver Juanita.

Elle l'attendait sur la plage, là où ils s'étaient embrassés pour la première fois, pieds nus dans le sable chaud, le regard perdu dans l'horizon qu'il avait conquis.

Quand elle le vit descendre du bateau, la mer encore accrochée à ses cheveux, elle ne dit rien. Elle sourit. Il courut vers elle.

Leurs corps s'enlacèrent dans une étreinte qu'aucune lettre, aucun rêve, aucun souvenir n'aurait pu égaler. Ils étaient là, enfin, présents, peau contre peau, souffle contre souffle.

Juanita était sublime. Ses hanches avaient la souplesse du vent. Son ventre portait la trace d'un soleil fidèle : une fine marque blanche, celle du maillot qu'elle avait porté tout l'été. Le reste de sa peau, dorée par le soleil de Bahia, semblait chanter sous ses doigts. Ils s'enlacèrent lentement, comme deux corps qui se sont cherchés dans le monde entier. Mo avait changé. Plus denses étaient ses muscles, plus paisible était son regard. Juanita, elle, avait mûri. Son corps était ferme, tendu par l'attente, adouci par l'amour. Elle l'embrassa partout, redessinant ses contours comme pour s'assurer qu'il était bien réel.

— Tu es revenu... murmura-t-elle.

— Pour toi, toujours, répondit-il. Leurs baisers devinrent profonds. Leurs souffles se mêlèrent. Ils glissèrent sous les draps de lin de la chambre fraîche, et là, sans mots, ils firent l'amour comme deux êtres qui s'étaient attendus toute une vie.

Elle était douce et forte. Il était fort et doux.

Ils se découvraient à nouveau, comme deux vagues qui se retrouvent après avoir parcouru deux océans séparés.

Et quand la nuit tomba sur Bahia, dans la moiteur dorée de leur maison, ils s'endormirent enlacés, leurs peaux mêlées, leurs âmes apaisées, unis comme terre et eau, comme feu et souffle, comme l'avenir et la mémoire.

Chapitre XIII : Le Sommet du Cœur

Les jours suivants furent doux comme le sucre de canne fondu. Mo II et Juanita marchaient main dans la main dans les ruelles pavées de Salvador, leur peau effleurant les souvenirs du passé et les promesses de l'avenir.

Ils s'arrêtaient souvent sur la place du Pelourinho, là où le tambour résonne comme un cœur battant, là où les capoeiristes tournoyaient dans la lumière d'or de fin d'après-midi.

Juanita posait sa tête sur

l'épaule de Mo, tandis que des enfants riaient, glissaient, dansaient, rêvaient en tongs et en éclats de soleil.
— Regarde-les, dit-elle. C'est beau, cette innocence.
— Un jour, on en aura aussi… murmura Mo. Des enfants. Les nôtres.
Elle se retourna, surprise. Mo la regardait droit dans les yeux, avec cette gravité douce qui n'appartenait qu'à lui.
— Deux, peut-être trois, ajouta-t-il avec un sourire. Une fille avec tes yeux. Un garçon avec ton courage. Un autre avec mes pieds.
Elle éclata de rire, et il sut alors qu'elle acceptait déjà ce futur.
Le soir venu, il l'invita à marcher encore, mais cette fois, vers un

lieu plus haut, plus sacré. Ils gravirent ensemble les marches du Phare de Barra, à la pointe de la ville, là où l'océan embrasse la côte sans fin. Là-haut, le vent soufflait comme un murmure du monde. Le ciel était teinté d'orange, et l'horizon semblait s'ouvrir pour eux seuls. Juanita s'agrippa à lui, riant contre le vent.

— Tu m'as emmenée au bout du monde, Mo !

Il la regarda, sérieux, et mit un genou à terre. Elle cessa de rire. Son cœur se suspendit.

— Juanita, fille de Bahia, reine de mon souffle…
Tu as été mon port quand j'étais perdu en mer,
Mon feu quand j'étais seul dans

la   jungle,
Ma terre quand je dérivais sans racines.
Je veux construire ma vie avec toi.
—   Veux-tu   m'épouser   ?
Elle resta un instant figée. Puis des larmes lui montèrent aux yeux.
Elle se pencha vers lui, posa sa main sur sa joue, et murmura :
— Oui. Mo, oui. Pour toujours.
Là, au sommet du phare, face à l'Atlantique   infini,   ils s'embrassèrent   comme   au premier   jour.
Et les mouettes tournèrent au-dessus d'eux comme pour bénir cette union née du vent, de l'eau…   et   de   l'amour.

Chapitre XIV : Le Mariage de l'eau et du soleil

Le jour se leva sur Salvador dans un éclat tendre, comme si le ciel lui-même s'était mis au diapason du cœur de Mo II et de Juanita. Toute la ville semblait baignée d'un souffle sacré. Les tambours résonnaient déjà depuis l'aube, les rues s'étaient colorées de fleurs, de tissus accrochés aux balcons, et de sourires bienveillants.

La cérémonie eut lieu au bord de l'océan, sur une crique que Mo aimait depuis l'enfance, là où les racines des mangroves caressaient les vagues, là où la terre et l'eau se mêlaient comme leurs deux âmes.

Les invités affluaient : des enfants jouaient pieds nus sur le sable, les anciens de la Capoeira, Mestre Sumbra et Beija Flor, s'étaient assis en cercle, les yeux brillants. Sylviane, radieuse, avait préparé des colliers de feuilles bénies et des infusions symboliques. Gavio, les mains calleuses et le cœur grand ouvert, veillait à tout, comme s'il mariait son propre fils. Juanita arriva pieds nus, dans une robe blanche faite de lin et de dentelle artisanale. Ses cheveux, détachés, étaient ornés de perles et de fleurs marines. À sa vue, un souffle traversa l'assemblée. Mo l'attendait, vêtu simplement : une chemise de coton ouverte sur sa poitrine hâlée, un pantalon clair, les cheveux relevés dans un bandeau tressé.

Ils se regardèrent comme au premier jour.

Leur union fut bénie par Tama Te Ra, venu spécialement de Nouvelle-Zélande pour l'occasion. Il traça dans le sable un symbole d'union entre les éléments, récita une prière en te reo Māori, puis dit :

— L'eau et la lumière sont faites pour danser ensemble. Aujourd'hui, ce mariage est un acte d'harmonie. Que votre amour guérisse ce que le monde abîme.

Puis ce fut au tour de Sylviane, qui, les larmes aux yeux, noua autour de leurs poignets un fil rouge trempé dans des plantes sacrées :

— Vous êtes liés, par l'amour, par le souffle, par la confiance. Que vos racines soient profondes, que vos branches soient larges, que vos fruits soient doux.

La mer, à ce moment-là, souleva une vague lente, comme un signe.

Alors, Mo et Juanita prononcèrent leurs vœux. Simples. Authentiques. Évidents.

Puis, sous les applaudissements et les chants, ils s'embrassèrent longuement, enveloppés par le vent, le sable et les bénédictions.

La fête dura jusqu'au soir : danses sur la plage, capoeira, chants africains et brésiliens, plats partagés, rires lancés au ciel. Et quand la nuit tomba, un cercle se forma autour du feu, et les anciens récitèrent les histoires du couple. Mo II, fils de l'eau. Juanita, fille du soleil. Unis à jamais par le souffle du monde.

Chapitre XV : L'ombre sur l'écume

Le feu de la fête crépitait encore dans le sable, les tambours ralentissaient, et la mer, paisible, semblait bénir les derniers pas de danse. Mo II et Juanita, main dans la main, recevaient les derniers vœux des proches, les cœurs remplis de paix.

Mais soudain, une Jeep militaire

s'arrêta au bord de la crique. Deux soldats descendirent, sobres, en uniforme, et se frayèrent un chemin parmi les invités en silence. Tous les regards se tournèrent vers eux. Les tambours cessèrent. Le vent lui-même sembla retenir son souffle.
Le plus âgé s'approcha de Mo et Juanita. C'était le commandant Ramires, un homme à la stature droite, au visage sec marqué par les années de service.
— Moisés de Água Viva, dit-il, en lisant lentement depuis un dossier officiel. Fils adoptif de Salvador, citoyen brésilien. Par ordre du Haut Commandement de la Marine, vous êtes convoqué pour mission de soutien tactique en mer.

Mo resta interdit.

Juanita, le souffle coupé, serra sa main plus fort.

— Une guerre est sur le point d'éclater, poursuivit le commandant. L'Angleterre menace d'occuper à nouveau les îles Malvinas par la force. L'Argentine a lancé un appel à ses frères latino-américains pour défendre sa souveraineté. Le Brésil a répondu. Et les forces navales brésiliennes vont être engagées dans l'Atlantique Sud dans les prochains jours.

Il marqua une pause.

— Votre expérience de la navigation, vos connaissances géographiques, votre lien avec les peuples du sud et les eaux du Pacifique font de vous un atout stratégique majeur. Vous êtes requis immédiatement. L'unité se prépare à Rio.

Le silence tomba comme un rideau de plomb. Juanita blêmit. Mo resta immobile, les yeux dans ceux de l'homme, puis regarda Juanita, ses doigts tremblants toujours dans les siens. Il posa une main sur sa joue.

— Le monde nous rappelle, dit-il doucement.

Elle hocha la tête. Les larmes ne coulaient pas. Elles attendaient.

— Je t'attendrai, murmura-t-elle. Mais reviens-moi entier. Je veux un avenir… pas une légende.

Mo serra sa main, puis fit un pas en avant vers le militaire.

— Je partirai. Mais donnez-moi une nuit.

Le commandant Ramires hocha la tête.

— L'aube vous attend. Embarquement à Salvador, puis direction Rio. Et ensuite… vers le sud.

Cette nuit-là, Mo et Juanita ne dormirent pas.

Ils restèrent enlacés, écoutant la mer, goûtant chaque minute comme si elle était la dernière.

Et au loin, là où la mer rejoint l'obscurité, un vent nouveau soufflait déjà.

Chapitre XVI : Les eaux de la paix

Alors que Mo se préparait à embarquer, une alerte tomba sur les radios militaires, les journaux du matin, les lèvres tremblantes des analystes : la guerre était annulée. Aucune explication officielle. Aucun discours. Seulement ce mot, lâché comme un miracle : "Retrait britannique immédiat." Certains parlaient d'un accord secret, d'une pression venue de l'ONU, d'une intervention invisible dans les plus hautes sphères. D'autres murmuraient qu'un sous-marin avait mystérieusement disparu, que des forces inconnues avaient envoyé un avertissement silencieux. Personne ne savait vraiment.

Mais pour Mo et Juanita, la guerre avait glissé comme une ombre sur leur amour, sans jamais le briser.

Le commandant Ramires lui serra la main avec respect.

— Dieu vous a rendu à la mer que vous aimez. Profitez-en.

Quelques jours plus tard, Mo et Juanita entamèrent enfin leur voyage de noces, loin du tumulte, loin des uniformes, dans un lieu où la nature elle-même semblait chanter leur union : les chutes d'Iguaçu.

Ils séjournèrent dans un hôtel de luxe, niché au cœur du parc, un écrin ouvert sur l'infini. Leur chambre, grande et lumineuse, ouvrait sur un grand balcon suspendu au-dessus de la forêt humide, avec vue directe sur les chutes.

Le rugissement des eaux formait une mélodie constante, puissante et hypnotique. La brume fraîche des cascades caressait leurs visages dès l'aurore.

— Regarde, dit Juanita un matin en s'appuyant contre lui. Ce n'est pas juste de l'eau. C'est un monde. Un esprit. Un souffle. Mo hocha la tête. Il n'avait jamais rien vu de tel. Les chutes s'épanchaient en mille bras liquides, comme si la Terre elle-même pleurait de joie. Des arcs-en-ciel dansaient entre les rochers. Les oiseaux tropicaux planaient en silence, comme pour ne pas troubler la magie.

Ils passèrent leurs journées à marcher main dans la main sur les sentiers suspendus, à glisser sur les passerelles au-dessus des abîmes, à s'embrasser sous la bruine, riant comme deux enfants sauvés du naufrage. Le soir, sur leur balcon, enveloppés dans des draps légers, une coupe de vin à la main, ils parlaient de l'avenir :

— On pourrait ouvrir une maison de soins, dit Juanita. Une maison de guérison. Avec les plantes que tu as trouvées, le savoir de Sylviane, et l'énergie de l'eau.

Mo sourit doucement.

— Et tu t'occuperais de l'exportation ?

— Oui, répondit-elle en riant.

Mais je garderais toujours la main sur toi. Pas question de te laisser repartir seul.

Ils s'embrassèrent à nouveau, avec lenteur, sous le grondement sacré des cascades.

Et cette nuit-là, les eaux d'Iguaçu furent témoins d'un pacte silencieux :

Celui de deux êtres revenus du bord du chaos, pour se choisir chaque jour, dans la paix.

Épilogue : Là où l'eau devient silence

Ils avaient traversé le monde, l'ombre de la guerre, les jungles sacrées, les océans furieux, les danses du cœur et les promesses de l'âme.

Ils s'étaient trouvés, perdus, retrouvés.

Et au sommet du balcon d'Iguaçu, face aux chutes éternelles, Mo II et Juanita avaient décidé de ne plus jamais courir. Seulement marcher ensemble.

Ils n'avaient plus besoin de conquérir, ni de comprendre tout.

Ils avaient tout choisi : l'amour, la paix, la lenteur, et la mémoire. Désormais, ils vivraient entre forêt et mer, entre herbes et regards, entre gestes simples et jours lumineux. Il ne resterait peut-être de leurs exploits que quelques pages, quelques feuilles sacrées, et le nom d'un homme qu'on appelait parfois : L'héritier d'eau.

Mais pour Juanita, il était juste
Mo.
Et pour lui, elle était tout.
Et   cela…
suffisait.